長沙府嶽麓志卷之五

郡丞山陰趙　寧纂修

書院詩　宋

山齋二首　張栻

藏書樓上頭讀書樓下屋懷哉千載心俯仰數椽足

其二

登臨小崢嶸修篁高下生地偏人跡罕古井轆轤鳴

濯清亭二首　張栻

芙蓉豈不好濯濯清漣猗采之不盈把怊悵暮忘饑

其二

涉江採芙蓉十反心無斁不過無極翁淡理竟無識

詠歸橋二首　張栻

綠漲平湖水朱欄跨小橋舞雩千載事歷歷在今朝

四序有佳趣今古蓋其茲橋邊獨微坐回首忘所之

梅堤二首　張栻

亭亭堤上梅歷歷波間影歲晚憶夫君寂寞烟渚

静

仙人冰雪姿眞秀絶倫擬驛使詎知聞尋香問烟
水

尊經閣　趙忭

雨久藏書蠹風高老樹斜鄰居盡金碧一一梵王
家

賦別嘐菴　張栻

君侯起南服豪氣蓋九州頃登文石陛忠言動宸
旒坐令聲利場縮頸仍包羞卻來臥衡門無愧白

日休盡收湖海意仰希洙泗遊不遠闗山阻爲我
再月留遺經得紬繹心事兩綢繆超然會太極眼
底無全牛惟茲斷金石出處寧殊謀南山對牀語
匪爲林壑幽白雲敢在望歸袂風颼颼朝來出別
語已抱離索憂妙質貴強矯精微更窮搜毫釐有
弗察體用豈周流驅車萬里道中途可停輈勉哉
共無斁邈矣追前修

賦答南軒　朱熹

昔我抱冰炭從君識乾坤始知太極蘊更妙難名

論謂有寧有迹謂無復何存惟應酬酢處特達見
本根萬化從此流千聖同兹源兄朕遠莫禦惕若
初不煩云何學力微未勝物欲昏涓涓始欲達已
被黃泉吞豈知一寸膠救此千丈渾勉哉其無斁
此語期相敦

城南書院雜詠　張栻

差差竹影連波靜細細荷風透屋香午寂睡餘聊
隱几人間何事較閑忙
新竹成林蕉葉青隔籬淡處有蟬鳴晚涼更覺長

堤靜日遠荷花待月明
塔前樹影開還合葉底蟬聲短復長睡起更衣茶
味永客來聊共竹風涼
秋風颯颯林塘晚萬緑叢中數點紅若識榮枯是
真實不知何物是談空
移得幽蘭幾本來竹籬淡處手栽培芬芳不必求
爲佩月白風清取自聞
晚來天氣更清新獨倚欄杆正暮春花落花開鶯
自語東風吹水細粼粼

無言桃柳也成陰葉底黃鸝自好音一縷爐烟清晝永韋編卷罷短長吟

化工生意源源在靜處許觀總不偏飛絮滿空春不盡新荷貼水已田田

莫道閑中一事無閑中事業有工夫閉門清書讀書罷掃地焚香自到晡

亭畔薰風盡日涼來從水面過新篁悠然便覺盈襟抱千古虞絃意未央

朝陽初上藕花香下馬虛亭一味涼山鳥自呼魚

自樂謂云身世可相忘

睡覺西山月正平荷風不斷曉涼生園中雙鶴知人意已作金風驚露聲

西風半夜摧炎暑曉看雲橫天際秋時序轉移皆妙理雖應及蚤戒衣裘

新涼修竹意愈靜初日芙蕖色倍明物態盡須閑裏見人情多向快中生

四面紅蕖鏡緣波晚涼奈此野情何悲城更覺看山隱入戶還欣待月多

今年少雨菊花遲新莖方開三兩枝但得幽肰眞
意在青山何處不相宜

城南郎事

活泉細引忽盈溝自遶書齋漉漉流添得眼前無
限思石橋竹塢共清幽
一春風雨水平湖更覺湖心月樹孤坐看白花開
落遍依肰山邑劉清蘆

二月十日

春日泖沙岸禪房風竹窻有特佤緣酒隨處暑謝

江世路分多轍吾生老此邦千秋看不盡白鳥去
雙雙

城南書院十景

納湖

源源錫潭水滙此南城陰岸花有開落水盈無淺
深

書樓

高樓出林杪中有千載書昔人不可見倚檻意何
如

麗澤堂

長畊伐木篇佇立以望子日暮飛鳥歸門前長春水

蒙軒

開軒僅尋丈水行亦蕭爽客來須起敬題榜了翁書

卷雲亭

雲生山氣佳雲卷山氣靜隱几亦何心此氣相與永

月榭

危欄明倒影丙丙瀉金波何處無佳月難應此地多

琮琤谷

幽谷竹成陰懸流激石聲不妨風月夕來此聽琮琤

聽雨舫

風吹渡頭雨槭槭蓬上聲欣然會心處端復與誰評

採菱舟

杖策下亭阿水清魚可數卻上采菱舟乘風過南楚

南阜

湘水接洞庭秋山見蓮碧南阜特一登搔首意許數

納湖十景爲敬夫賦　朱熹

詩筒連畫卷坐看復行吟想像湖南水秋來幾依湥

麗澤堂　朱熹

堂後林影密堂前湖水湥感君懷我意千里夢相尋

書樓

君家一編書不自北上得石室寄林端特來玩幽賾

蒙軒

先生湖海姿蒙養今日闕銘坐佇先賢點畫存象繫

卷雲亭

西山雲氣淡徙倚一舒歗浩蕩忽孳開爲君展遐眺

月榭

月色三秋白湖光四面平與君凌倒影上下極高明

琮琤谷

湖光滙可流嵌竇亦潛伝倚杖忽琮琤竹聲無覓處

聽雨舫

綵舟停晝槳客興得歌眠夢破蓬窻雨寒聲動一川

采菱舟

湖平秋水碧桂棹木蘭舟一曲菱歌晚驚飛欲下鷗

南阜

高丘復層覲何日共登臨一日寒江盡寒江刻若岑

明

尊經閣　　梁 恒

郡侯汪意與文學芹泮巍然起高閣曲檻平臨北
斗懸飛甍直與層霄薄經書萬卷其中藏亮函金
薤垂琳瑯鳳雲慣護平時氣奎壁常騰午夜光

嶽麓書院　　陳 鋼

開荒不用買山貲土老分明有夢知迂徑遠通雲
麓寺頽基新築古賢祠吾儒事業耶承昔聖學源
流若在兹何日松杉成拱把湘遊重赴草堂期

朱張祠書懷示同遊　　王守仁

林間憩白石好風一時來春陽熙百物欣然得予
懷緬思兩夫子此地相徘徊當年靡童冠曠代登
崇階高情詎今昔物色遺吾儕顧謂二三子取瑟
爲我諧我彈爾爲歌爾舞我與偕吾道有至樂富
貴真浮埃若足成大化勿愧點與回

又

陟岡採松栢將以貽所思勿翦松栢枝兩賢昔所
依緣峰踐石臺將以望所期勿踐臺上石兩賢昔

所躋兩賢去邈矣我有何相遵吾所未能信役役空爾疲玥不比簪盍麗澤相遊嬉渴飲松下泉饑餐石上芝偃仰絕余念遷客難久稽洞庭春漲潤浮雲隔九疑汀洲蒲芳草日極令人悲已矣從此去奚必茲山爲戀繫乃從欲安土雖隨時晚闇與有得此外吾何知

嶽麓書院　陳鳳梧

我思古聖賢道義相綢繆距茲數百載尚有遺風流相彼嶽麓峰山水誠清幽築舍自前代堂室今

重修後學有遺範鼓篋忻來遊白日麗青天芳草蒲汀洲去聖日已遠寡陋吾所憂春風動幽谷鳥聲正相求

又

此地已蕪沒絃歌誰復來今晨集冠屨曠朕千載懷策馬步崇岡欲下仍徘徊再拜奠蘋藻揖齊東升階朱張有遺化仰止非吾儕風雅三百篇金石可以諧誰當嗣徽音願以諸子偕矧茲泉石清境勝絕纖埃俯仰風雩下詠歌何時回

又

振衣高岡上悠然起長思當年兩夫子講論恒相依我在天一方茲焉負心期童冠試春服此麓曾攀躋嗟我未追隨咫尺千里違今來已隔歲獨行良自疲憶昔京華日尊酒同遊嬉詩書乃麗澤氣味如蘭芝胡爲遽南北樹雲渺會稽使我增鄙吝何以質所疑吾道日已孤感念能不悲出處安所遇行止非人爲山川有夙約重來當何時相與講舊聞庶以來新知

書院廢蹟　　韓陽

峩峩嶽麓山前賢讀書處世遠人亦亾遺基盡荒穢猶存北海碑尚有南軒記公暇一來過徘徊發長嘯

嶽麓書院　　徐文華

書院伊誰開嶽麓使槎今我泛星沙高臺漫問朱張迹香火翻依佛老家天外羣峰仍舊合湘中流水自無涯獨憐勝地多寥落風雨溟濛集晚鴉

嶽麓書院　　楊茂元

白有此天地卽有此嶽麓悠悠千萬載厥名人未
熟遠宋開寶間朱侯來作牧緬懷絃歌人開山建
書屋爰有周山長隱此行純淑詔起問所居錫名
賁山谷暘以中秘書壓架三萬軸未及百年餘已
爲茂草鞠後宋有劉侯拳拳事興復乃得南軒翁
椽筆爲紀錄文公萬世師于焉駐輪轂二老相講
明三晝還三宿高會踵鵞湖勝跡肩白鹿後公安
撫來書院更卜築奎光耀日星道化臨草木從茲
嶽麓名昭揭人耳目歲月倐已更拱堂俄傾覆寂

寥三百年荒基復誰續吾郡太丘裔顧瞻額頻蹙
捐俸鳩羣材講堂不日築兩廡一以新周垣繞而
幽俎豆朱與張登階疇弗肅可以事藏修可以賁
講讀有亭極高明復可供遐矚後圃藝果蔬前楹
秀花竹以待後學者厥志良亦篤人受天地性萬
善靡不足云胡昧其初汩沒于塵欲百工且居肆
靜學在幽獨苟能隱此山無愁利名祿濟心冢六
經華力希聖躅竊爲顏孔人達則伊周屬此邦過
化地材質美如玉倘及見斯人摳衣沾膏馥

大成殿　　張元忭

巍巍紺宇祀先尼曲曲清泉山澗遶萬壑總歸江
上去一源原自谷中來

朱張祠　　張元忭

太極先天自古今兩賢會此共推尋須知至寶人
人具萬象由來總在心

嶽麓自勉　　張元忭

光嶽開南極星沙擁上遊千峰雲氣絕一徑水聲
幽結搆先朝遠宮墻數仞周禹碑遺鳥篆拜石立

松丘靈傑三湘會朱張兩月畱學成濂洛系文共
漢江流夏星今仍在春衣得共游初來山色瞻中
度日光浮歌咏諸童冠蒸嘗薦棗羞寥寥狂者志
默默祀人憂任重吾所敢升高爾自優明宜虛戶
牖寢莫媿衾裯九十叁方半二三道不倖好將今
日意努力紹前修

惜陰篇　　張元忭

我聞大禹聖且神尚惜寸陰逾寸金寸金失御猶
可覓寸陰一去誰能尋惜陰惜陰寧獨禹古來大

聖皆如此競競業業唐君臣昧爽待旦周文子孜
曺去聖應萬分更宜惜分如惜寸分積寸累日孳
孳百錬成鋼無頑鈍此道本非難辟如一簣可成
山避凡入聖等閒事轉迷爲覺霎時閒此道亦非
易辟如九仞須一簣終身惕厲聖可幾一念怠荒
功盡弃人生百年一瞬息纔見青春忽白頭老大
傷悲竟何益惜陰惜陰宜早惜六尺之軀豈渺哉
頂天立地成三才何爲碌碌負平生可憐飄忽同
灰埃我行人楚歲已晏只今柳發春將半歲月蹉

跎心獨驚此日此會良非漫惜陰自勉更勉君浮
雲蒼素安足論惟有進修事在我可以千載流芳
名君不見陶與眞立功立業皆由勤儼肰俎豆湘
江濱彼何人兮予何人

嶽麓聽講　劉梅村

老木識前輩響石彈清流聞肰西麓盧宗此東家
丘衣冠陪講席典冊貯危樓林陰自茂寄鳥語相
應酬而我思古木妙意歸冥搜回廊轉東風散步
逍遥遊

嶽麓書院　　唐源

衡山鎮南服，山足衍星沙。鬱勃鍾祥氣，秀靈迓儒車。朱張振弘緒，刻子談餘葩。楚甸道脈起，荒徼俗習嘉。追惟先哲功，徒令後人嗟。井泉猶不竭，池水尚無蛙。俎豆輝千古，宮墻掩百家。松楸思色澤，碑碣憶年華。山以鴻儒重，道非名嶽加。石屋迹堪讓，鹿洞景休誇。幸傍名賢地，瞻依思更遐。

嶽麓書院　　黃正逵

星沙城外嶽麓院，曾記三年兩度來。道脈從看先

迹在，風光疑爲客愁開。草侵碑石空琴鹿，松護泉庭共舉杯。一嘯山川成俯仰，不知身在白雲隈。

聖廟　　翟贊

嶽麓三湘畔，丹青兩殿虛。峰巒含棟宇，雲霧潤琴書。水近林華令，山高月色疎。素王遺像在，吾道獨躊躇。

釋菜禮成　　盧疎齋

誰謂衡山高，景行思齊而。誰謂衡嶽近，大路莫致之。衡高麓云邈，洙泗不在茲。遠承禮樂光，吉月陽

春時原隰遂吝度于彼湘之湄蓴言采芹藻多士
樂且儀酌彼白泉水憇我四牡馳我將布惠澤我
將廸民彝我將歌白駒爰求碩人遺爰求碩人遺
空谷去何爲南山有梗楠北山有桐梓誰謂衡山
高衡麓乃所基

嶽麓書院懷古　譚敬承

幽徑紆迴蒼翠浮雲峰飛動挾危樓臨流宛聽當
時講授簡疑從昔日遊靈嶽薜蘿穿象外道林鐘
磬落山頭不禁懷古江天暮返照高窺大壑秋

尊經閣　石公永

萬象繽紛歸靜一六經彪炳屬涵三斯文矚斗從
稱北吾道宗門祇嘆南羣玉未須抽蕋笈嫏嬛空
自秘珍函何如魯壁眞詮在若木揚華照夜酣

春日偕空北李寅丈侍呂似石太翁小集嶽
麓書院兼懷友玄李寅丈攝篆中湘

朱士景

摳衣步屧嘯虛堂未墜斯文有主張雲日共曕孤
嶽迥尸星分潤甫田康清神冉冉餘琴鶴玄屑霏

霏散斧觴御羨吾儕能取則古潭今已硯庚桑

尊經閣　　陳大綸

嘗是譚經處幽芳自不倫山空雲氣藹枝嫋鳥聲
頻聖道寧今古亭臺幾故新悠然歸去晚清興滿
江津

尊經閣　　周生文

故國嵐煙別幾秋偶依文苑當山游白雲出洞看
成變黃卷飛灰痛未收神禹碑前巢野鶴李邕亭
下臥羣麋老僧不解興亡事夜夜敲鐘上草樓

遊嶽麓書院　　車大任

岸幘江煙碧草紛危巒飛磴俯江濆星當翼軫層
霄出山自岣嶁一派分秋水亭臺高楚塞春風絃
誦入湘雲殘碑千載留神禹苔蘚年年長綠文

壬午長至過星沙集諸生嶽麓因書濂溪院
中賦示同學諸子四詩留於嶽麓講堂
高世泰

絕學志元公森森拜誦中一庭仍綠草四壁有光
風各出斐然意應知靜者功吾儕慚道立切切慰

徵褱

其二

二楚餘文獻，同人愛典型。探幽徵國寶，遺響續騷經。霜案毫俱白，泂筠汗幾青。樂茲勤素業，遙集有神聽。

其三

緗簡先民傳，誰忝頰上毫。輶軒諏外史，文府勤賢勞。論世推從近，方人砭在曹。不虛川嶽氣，羞獻鬱輪袍。

其四

設科吾尚簡，一院領幽光。鳥自嚶喬木，魚無羨武昌。徵來應強出，異撰亦相將。師友百年事，還嗟別後長。

感嶽麓廢院寄舊游同志　高世泰

憶昔游棲嶽麓，皆朱張遺跡幾尋追。滄桑忽慨儒宮廢，江漢常流道澤瀰。蔓路虬龍猶見影，古文蝌蚪可存碑。也知楚士多騷雅，若個窮愁志不移。

謁朱張二先生祠　堵胤錫

猶見先生宇鬼肰古刹前勿淺同異辨翻藉磬聲
緑稞落陰晴雨霓飛書夜泉相期今在昔廻戶歷
星懸

書院讀斷巖殘句　　吳俶

春醉筠巉巖側松掛飛壁虬結成險光古色照人
懍拔荊莎昔人苔蘚封斷石隱微數行字宛肰鳥
跡蹟蹋殘不著代引泉拭且惜揣摩之得句老本
識前輩回顧烟雲淺淘矣還靈氣

詠歸翁　　吳俶

沓落長堤古澗聲委蛇獨擁野花迎當年歸詠人
何處留得春風屬後生

尊經閣　　吳愉

空中樓閣蔽松燸此日誰人問六經盡在水聲山
色裏年年芳草逼人青

朱張祠　　吳愉

新聲發黄鳥古道照危岑結想河山邈浮光草木
淺石巉空欲語雲岫瀞無心定入如相遇希微未
可尋

六君子堂與周朔男吳去塵去俾去墉諸子

分得妍字　　王孝先

及此春晴風栝妍共隨鳥語愛飛泉溪山細入幽

人思古木能忝老衲禪愧以詮光供韻事可無靜

氣時高賢嶽靈有屬毋驚迸流水閒花意已傳

謁六君子　　黄　妣

衡南勝槩枕湘流千載名賢只此留無數烟蘿供

俎豆常鮮日月建旗旂俯瞰臥虎雛錚嶸樹老盤

螭不記秋我亦殷勤懷古道雲深徑滑幾來遊

謁朱夫子　　余自柗

荒藤星壁景淒涼閒是湖南舊講堂好鳥山中啼

日落新花池畔傲嚴霜譚經徹夜眞同德結綬慚

予忝汝鄉試排山頭一片石時時應接祝融光

書院　　顧應祥

翠巘層層護講堂西征何幸挹鄰光湘江北去源

流遠衡嶽南來地脈長昭代人文重荊楚宋賢心

學賴朱張青衿指點峯頭石古刻相傳夏禹王

書院廢址　　黄學謙

萬壑空青開地勝斯文鄒魯此同區秋風静日松
無汪澗瀾何言嶠亦枯遺象合同山鬼謫荒卿殘
廢石蠹趺雲峰誰祓蔚萊邑莫使黄陵叫鷓鴣

國朝

嶽麓書院新成　張可前

六經如星日萬事常昭灼羣言一淆亂榛莽由茲
甚淤蔓孰能刪尼山表其的雖經祖龍焰微言終
不絶董賈挽頹波韓揚先後摯濂洛與關閩爬羅
共剔抉人咸知本源虎皮誰堪撤徒循昔賢轍著

率將勿歎卓哉周撫軍前身愛蓮哲建牙在衡
湘衡高湘水洌耕鑿自嬉遊干旄復孑孑通經術
蘇者廣延名講說席以載憲重角看朱雲折多士
有岈嶸文梓架楠柔瀟湘風雨來安與敎廟峙鐘
堦朝及暮不歎昌黎廢空翠滴嶽雲清光敦洞引
百城人自擁秘精微洞試白鹿諸講院上下相頡
頏馬帳暨河汾亦云見道髫駿子頻搜奇包山尋
書穴浮湘窺九嶷小憩嶽麓坪遺踪委蔓艸誰耕
買逵鐵欣瞻俎豆旁得以禮爲藥擬發二酉藏顛

立程門雪

重新嶽麓書院 戊申 王岱

朱陵起壘嶂迢遥生犀峰其峰七十二兹山當湖
衡巒夕亘江郭着翠來城墉上有岣嶁碑下有白
麓蹤昔賢傳絶學息静時過從講堂構精傑林木
多橋松歲湲跡已圮藪澤盤蛇龍斯文應不墜興
復欣再逢三韓有畸人輕縡羅心胸既淡象教秘
復究河洛宗春陵道再展絕構開蒙茸輪奐益軒
爽氣象生肅雍斯道如日星後起賁陶鎔嶙峋倉

頡書宏欲搴禹功

重新嶽麓書院 吳嘉驥

應運推名世封疆倚重時鞿門森棨戟鈴閣肅威
儀繙被潭雲靜輕裘麓嶺怡關東名閥逈薊北斗
垣垂七郡翔鴻集三湘惠露滋雅懷傳樂育正學
接聞知掩映先賢廟追隆大禹碑清風今日咏霽
月異時思泰運貞元轉星文北極移倡公應有頌
尚父自兼師誰謂天荒楚欣逢代起衰翩聯看早
暮霞蔚竹聲施服教將無斁斯文允在兹自今舒

九嶷處處結芳鄰

遊嶽麓書院　　吳綺

寫盡瀟湘聽雨圖，何來杲日映菰蒲。天開宿霧招遊客，地許名山屬大儒。鳥篆尚能存禹跡，龍宮空自鎖仙都。橫經往事知何在，欲訪湖南舊講徒。

其二

亂後山川竟若何，此間遺構幸嵯峨。千秋正席朱元晦，一片殘碑李泰和。衡嶽雲烟逢霽少，湘江風物過秋多。夕陽好處偏懷古，不獨登臨興未磨。

嶽麓書院　　蔣景祁

典禮尊儒術，名山闢講筵。一峰垂嶽足，別宿麗鶉躔。文曜南離炳，雄風聖道甄。湘流平似掌，嶺勢創成蓮。址構開元代，聲隆寶慶年。寢楹思闕里，圖貌憶尼巔。俎豆朱張次，羹墻孔孟先。賜書龍鳳展，藏碣蜿蜒鐫。鼓篋來羣彥，皋比坐上賢。縹緗函席徧，章掖輻輪闐。花影明籤軸，和薰動筦絃。執編詳大義，問字黜奇玄。向閣青藜在，融經絳帳傳。卿雲凝楚甸，化日亘中天。騷雅歸陶冶，趨蹌領折旋。景行

昭後起繩矩奉初宣越自滄桒易因令教澤愆生
荏殘簡冊金石冷宮縣畫棟綠松鼠苔堦禿野鵝
禹碑頌蔓棘邕勤竄荒烟絲价寧終廢匡扶藉有
權七旬干羽格六寓膏雯駢振策攀轅馭臨濮見
汲泉古人如可作吾意向誰傴

嶽麓書院　朱前詒

岣嶁滙靈秀嶽麓峙奇峰壘翠環書院排青藹輿
松亭開新景象僧數舊遺蹤瞻禮吾宗子遺風若
可從

康熙丙寅奉　撫軍丁大子董率書院之命
敬述二首　徐則論

數載白雲下艮無城闉隔几案接空翠朝夕自怡
悅每懷縹緲處恨不生羽翮何幸承嘉會青巒俾
我宅爰賁夙昔心來就烟霞說譬彼景行人而更
得親炙當路優疎散開員免趨折所職惟清課非
有簿領責棧笈啓卓犖頗蕪菀圖冊部署琴兼書
收名魂與魄綿邈生遠思徘徊尋往哲巖壑亦無
忤雲物相安設不垂前朝陰池流上世脈於此遇

古人清興與韶徽

其二

造物作佳山鍾靈應有爲如何幽奇區金碧非吾類此山宋以前選勝僅雙寺李字杜韓詩崢嶸宇巖巖瑯瑯奎聚朝兩朱啓高致尚書開寶來秘閣淳熙至廣漢實德鄰昌和宜聖義至今瀟湘水恬波學洙泗光華寧久汩景運崇文治　中丞斯文宗憲邦掇奮儕訓苗惟耀德造俊更求懿俎豆秩已秩棫樸甄陶朕責小儒忝望塵候講時擁篲討歲

適五百二熙聯盛事

書院東城中同志二首　前人

萬家烟火外一水分清暉昨夜城頭月遥連江路輝雨餘泉響正風遠沭林依應有關情客云云指翠微

其二　前人

塵景須還在烟巒已似家頻來雲臥熟漸覺勝情加輟頫朝支爽披衣晚趁霞閒中幽課密欲向素心誇

嶽麓書院　　陳之駓

南嶽去此三百里勢盡岣嶁吅湘水雖肰地脈各
斷流逢望祝融亦麓耳平地得山如樓臺纔有突
兀即奇矣矧乃矗出郡河西恢張眘立如壯士陰
雨無根忽生雲晴明越翠藩城市想昔顛洞九載
時漾沙之勢浸滅趾黃熊精子夜投宿留得奇字
驚人起山鬼裸體呼隊行猛獸或搏蹲且止當時
烈火竟盡焚大壑幽叢歷古昰韓子索㑹歸獨來
痡哭泓泓無人指鄒惟北游去幾將何緣幷沒道

林寺初信靡興自有期艸木豈能欺杖屣朱張難
謂不風流共載仙舟爭郭李公子雅量客思清遠
塵相將采蘭芷登高迴目私愘消坐息幽淡談名
理山椒更有翠微堂回看綠洲厚一紙風雨寤歎
是何年山窻鬼嘯夜燈死老僧爐火問有無粉蠹
竄壁餓經史吾道千載豈寂寥山靈而得如閨姣
誰堪渶鎖不嫁人開鏡明粧爲君子多情懷昔司周
峦披尋勝蹟攘葛藟大栒修椽揮月斤升堂入室
引珠履九曲清泉入檻池芙蓉香人讀書几山形

榮折如箕踞犖抱一色老鮮紫就中絃誦杳不聞厲江進見蒼欝已江心掩映乏危樓亂葳披去爲壁壘獨餘崎嶇非戰場聖賢道貌尚未毁昆明戰罷漢功收詞臣作鎮典則美等閑按十如枝旗定價收聲即在此長風一動波瀾催書生去家身輕徙願學古之牌穀人長往山中饔書髓墨色浮動五花雲濤箋越過十幅綺夜發簡練英雄狀天機要在休閒裏新賚壹傍聞見生推陷方今精神喜稱寂多應此法同登臨好事亘有以地險勢奥道

之藏莫負白雲封路灑我愛秋峰未歲遊日暮舒眺凭城楠

重過嶽麓書堂　胡依雲

籃舍殘雪篆舍煙半觸行吟手一編蕭寺客依秪樹佛詞場人是道林賢攤書偏拂龕前石滌硯頻澆澗底泉題壁可知多綺思古今麗句幾堪傳

重建嶽麓書院　陶之采

維嶽不崩鶱元氣行其裏至人秉天樞百世恒相俟驟日月長廻當瀾瀾自砥靈麓峙湘天同堂祀

彼美浩劫迷空山古碣存畏壘何意嶽雲開濂溪
今再起爲楚作甘霖徧蔭桃與李驪石勝天工昂
霄瞻闕里嶜爾開巨靈手擘皆神理拂濯聖盤新
集貫成終始磨碑峋嶁間功與平成比

同園次彤本遊嶽麓書院分韻

宋俊

碧水丹崖刻畫屏高秋曠覽輒揚舲雲開邱樹環
衡嶽峽束湘江湧洞庭俎豆未銷秦帝火講堂猶
勒宋儒銘試看南極天文外光聚長沙第幾星

朱張祠

福建巡撫　張仲舉

道脈千秋啓書堂萬古名江河行地遠日月麗天
明俎豆還存祀絃歌尚有聲我來懷舊德奕世邈
宗盟

同吳園次使君暨長白彤本遊嶽麓書院分
韻二首

趙寧

嶽麓叢雲帶曉開中流凝望勢崔嵬尋幽自合分
花坐選勝還宜載酒來古碣龍蛇銷歲月講堂風
雨雜莓苔何當此日偏乘興石上題名未擬回

其二　　趙寧

不用鳴鐘闘管絃名山溪喜拜前賢潮迎班竹雙江合浦晴青楓萬井連望闕每堪依北斗離家猶自感南天獨嫌小隊催歸急回雁峯頭隔暮煙

示嶽麓肄業諸生　　趙寧

曉雲開嶽麓春水灕湘江山中多芳杜清芬盈衣裳素王有宮闕榱桷何焜煌溪花錯綺繡泉石鳴琳琅先民垂遺矩俯仰發慨慷大儒傳性道正學甲文章廻心托千古大雅規翱翔熙哉覯　盛世

元化浹遐荒眷言闢九畹尌此椒蘭芳豈徒供游賞所需紉幃囊修能苟不植何以答虞黄在昔二夫子抽緒晰微茫大禹古賢聖寸陰矢皇二艮時不可失榮名不可忿勉旃惜居諸　皇圖肇未央

嶽麓書院送肄業諸生赴省試　　趙寧

新宮奕奕倚雲隈幸際昇平景運開臺上黄金燕市駿歌中白雪楚人才秋風正喜高鵬翮夜月應知剖蚌胎我向麓山叢桂下遥看葵火接蓬萊

嶽麓書院志成紀事　　趙廷標

重闢名山舊講闈，朝迎旭日煥翬飛。中丞開濟追芳躅，司馬丹鉛紹令徽。碧嶼永垂千載業，銀川重佈七襄機。漫言文物他方盛，離象焜煌世所稀。

嶽麓書院工竣志喜　　李標

雲霽春山麗，堂開兩澗清。十年荒圮盡，此日美輪成。禮樂流風遠，絃歌見化行。湘江留異績，瞻睇不勝情。

嶽麓書院成志勝　己酉　　陶之典

清絕古湖南，岣嶁委磅礴。首尾見精靈，蓄洩應河洛。此中禹蹟谿，實爲神所托。胡爲翰與詞，璀粲燭蘭若。卓哉諸朱儒，選勝談正學。忠義表長沙，毎亂傷寂莫。赤舄今乃來，尊儒亦開閣。介然復舊觀，書棟滿雲壑。風颺荅鳴泉，振響待新鐸。禹孟固同功，斯道闢聖作。莫負名山藏，邑勉修天爵。

嶽麓書院落成　己酉　　王試

惟天有陰騭，人文賚化成。神聖久徂謝，奎聚欽篤生。若稽春陵哲，允竆太極精。繼起二夫子，朱張道與

此講明廣漢振五峯紫陽闡延平煌〻書院峙嵩
〻嶽麓名淵源歷久大顯璧留經營典廢警舉賢
考卜仍續康茲也惟其時盛美遂莫京
正學無衰息日月恒光華秩序匪綿蕞英莖異孱
生星羅學舍增來遊儼爲家賜書叠壯觀漸聞弦
誦聆惟梵江之南文治代有加陶公督八州西山
吏長沙因今爲祀昔教化寔參差作詩祀復古從
者茲萌芽

嶽麓書院 己酉　　崔從

寥落青風才楚雲悵羈客言涉湘水西倭遲芳艸
陌訪古郤高山周道憶疇昔〻賢此開創勑書賜
藏籍朱張二夫子皐比崇道脈一時集英流講論
多縫掖巍煥儼宮牆縹緗盈几席鍾鼓彷虞庠箎
絃奏孔壁修蔭環茂林文藻蕩霞色玫瑰帶艸叢
若聲螢芝赤太嵒若萬繩遺文勁金石興廢或有
時名儒代嬋奕鹿洞與嵩陽厥此同規襞奈何天
運傾戎馬生郊場俎豆委蒿萊堂廡成瓦垢頹垣
薜荔纏殘碣苔衣蝕山禽故亂號溝泉嗚濺〻日

夕遊予悲對茲增嘆惜寺觀多輝煌此焉孤兔宅吁嗟儒教衰翘不如老釋嶽麓四時青湘流終古碧安得洞鋼倚荒林又重闢

嶽麓書院二首　郭金門

星涯魏構衍千秋眺望虛無彌景幽正學後人嶙武按懸碑一片鳥痕留藤蘿隱見烟中寺洲渚浮沉水上樓遥想朱張心跡在赫曦臺下儼同遊

其二

訓據名區半佛仙儒風獨暢此山川無言芳草依

人絲有意停雲入抱妍曉汲花泉炊白飯夜驚鼙火照青氈倚闌嵬吊多遺蹟古文封塵不記年

嶽麓書院　張維霖

中停山折坦奇窩麓院清溪厰蘚蘿豈為兆幽窅谷口却聽真樂在漁歌孤僧別寺時分火曲澗來池亦養荷欲挾難書開到詩東膠薄暑奈留何

嶽麓書院　費思居

霜落寒江空涉江春登陟維嶽散靈足屏峯北峻極往跡寢久湮曠討撥雲得鳳泊與鸞飄碑碣夏

启色桂對麗冬榮屈子嘉炎德灑沈遐難追遥遊
空緘憶賜書自祥符教授起周式朱張嗣講筵經
傳生羽翼大哉吾道南名山增典則廢典固靡常
兵氣相偪側楠洲舊育腴風露半荆棘鍾磬響空
青山借守靜域倡道自吾徒辭闢昔賢力熊湘入
風塵漠漠烟如織物色分明題登徒李游息起衰
伊何人臨風三歎息

嶽麓讀書詩同閩中羅孝廉六首　祁睢徵

仗劍辭故鄉紉蘭涉湘水浮雲開嶽陰書堂暫棲
只松崖澗水鳴泠泠滌氛滓隱几博摩籍冥心究
神理一事不能知深用為已恥流光似隙駒荏苒
風塵裏倚杖望前山遥看夕陽紫

又

長嘯倚松風空山湧明月流輝鑒羅帷皎皎積寒
雪攬衣步前除鄉思欲凄絕愁來把素書金鐙夜
中設寞坐不知疲草蟲鳴切切隔江汪漏殘城笳
曉鳴咽

又

芳草滿幽徑風吹蝴蝶翻欣匕堯李封藹匕向春暄物候多遷變撫時感歲年校書楊子閣下帷董生園賞奇弁析義景行在前賢願言日夕裏爲我開蒙顓

又

流泉瀉曲磴抱膝橫鳴琴琮琤寒玉響山水生妙音閒花落磬石客對啼幽禽時偕同調客縱步相行吟清虛日以來悠然太古心

又

荆山有寶玉鑱錯成大器當其未遇時塵埃空棄置我愛平原公高懷真好士門墻無廢材作人於未遇贈以買山貲藏修得靜地絕學在性天大儒鄙章句與君共勉旃毋負甄陶意

又

汲水不及泉匕深汲綆短爲學不務成氣盈學力緩太禹古聖人惜陰以自勉念此常喟然閉戶恣搜覽把彼洞庭波助我湘妃管披襟歷嚼明高吟

無昏旦人生能幾何踟躕意悽惋讀殘一卷書日
送歸雲晚

張文若讀書嶽麓十月十九日偶過西郭敝
廬作五日快聚仍別予渡江詩以送之兼
懷胡其序　廖元度

講堂直隔青山下佳士時迴剡曲船遥憶美人香
草侶送君心目過前川

其二

南軒嶽麓原盟主文定衡湘多草堂感激聲名誰

繼起渺余雲樹矚蒼篔

其三

玉門青紫裾堪曳陋巷簞瓢我所思曠覽但須懷
抱好等閒一誦杜陵詩

其四

殿角無窮溪水碧湘皋不定北風寒羣居分用三
冬足看取南枝十月霜

讀書嶽麓院中　劉大撫

高山流水發清音好傍南窻拂素琹璧嶂開時清

晝永圖書擁處白雲深下帷遮莫窺三策走筆猶
慚賦上林抱膝空齋何所有松風謖謖伴豪吟

春日讀書嶽麓　謝元昌

峰隔塵囂淨陰重草木幽鳥依窗外集水向澗中
流世事頻添淚名賢不可留朱張堂尚在今是
御書樓

瀟湘八景　吳訥

夜雨聲七點翠苔雲移秋月入懷來歸帆高掛旋
輕捲落雁南飛又北回漁艇暫隨夕照泊寺烟若

待晚鐘開晴嵐杳靄多清趣兩鬓休教暮雪催

讀禹碑　劉世臣

細拾藤蘿覓抱黃白雲橫臥擁山崗徐登絕嶺人
飄渺俯瞰平原與徜徉幾片頹垣空色相數行蝌
蚪老洪荒臨風讀罷承咨語坐看飛烏亂夕陽

偕書院諸同志遊嶽麓寺　殷自新

雲擁樓臺石作梯尋幽何惜費攀躋翠微蘭若藏
僧老迴合松關過客迷畫壁光生青嶂曉書堂聲
徹梵音齊年來霧隱南山下頻得朋儕嘯虎溪

嶽麓書院　柴望

宮墻桃李向春妍仰止先儒舊講筵學並禹功流
聖派理參太極絕言筌湘流近映金鋪日嶽氣高
含書棟烟况值　熙朝崇道術欣瞻　㢘藻搆雲
天

趙司馬寧招遊嶽麓書院　姚淳燾

江流不斷繞湘東講席依然氣象中魯國諸生多
肄業平原仙吏足宗工尊前水落銀河動嶽頂雲
飛帝座通儒術年來能振起醉看桃李舞春風

嶽麓書院御書樓　王舜年

仙家何地說蓬萊百尺高樓接上台遠檻溪山春
隱映宿窗星斗夜昭回奎比舊以南軒重典籍新
從
北闕來莫謂　帝京看較遠縹囊緗帙五雲
開

嶽麓書院　陶錕

璇榜高題自木天千秋性學仰前賢亭臺亘接雲
霄上經史常如日月懸上舍藜光明射斗新宮棍
色翠成煙清時重覩河間禮濟〻諸生聚講筵

讀書嶽麓　　黄寧義

帷下青堂久不開幾多花木半蓬茅天空盡放雲
飛去心定何妨月到來肯抱虎眠山上石都看鶯
過院前亭逢人懶問塵寰事分付烟嵐鎖洞苔

其一

名山花鳥舊知音盡日青窗伴曉吟尚水流清杯
泛玉赫曦臺靜韻敲金想通河漢星千座味透芝
蘭月半林誰到否壇身不到自無人向箇中尋

遊嶽麓　　吴兆慶

湘南碧嶂與天齊樓閣重重水一溪馬愛山光嘶
不渡鳥知人意去還啼書聲直落三秋鴈燈火遥
憐五夜鷄踏破峰頭雲萬縷悠然歸路見青霓

遊嶽麓書院用郭黃瞻韻　　許賀來

巍然遺搆幾經秋萬木陰森林壑幽夏后神碑終
古在宋儒心跡到今留澗邊松老多巢鶴峯頂雲
深半隱樓湘水月明絃誦起生徒負笈喜來遊

其二

吾道由來勝佛僊宗風仰止在湘川麓容叠翠浮

舟次湘江望嶽麓山　姚夔

偶憩湘江棹，遙瞻嶽麓山。高雲封鳥篆，古木護禪關。舊蹟先賢在，新書昨歲頒。慚余經宿去，不及遂躋攀。

懷嶽麓書院二首　汪晉徵

潭州化日亘中天，道脈千秋有正傳。湘水渾連洙水澤，衡山宜接泰山巔。共看畫棟新函丈，遙拜丹書燦几筵。未向講臺親肅穆，湖洄常仰日星懸。

其二

萬木蕭森嶽麓秋，翠雲深鎖讀書樓。鳥聲若吐絃歌響，月色偏凝藜火浮。古篆殘碑迷茂草，新篁小樹翳平丘。欲尋十二峰頭勝，揀買蘭橈渡橘州。

九日遊嶽麓書院三首　趙志夔

嶽自千秋著，人于九日來。溪雲常傍樹，山翠欲侵杯。書帶縈黃葉，緗函映碧苔。躭慵雖已久，此志未全灰。

其二

載酒訪羅含（時羅子兼三讀書嶽麓），湖洄渡橘潭。書林隨地

迴　宸藻與天參瑞氣臨丹壑飛翬濕翠嵐莫言

戲馬地把菊劭清酣

其三

秋氣悲高迴長天四望開風涵金粟至霜共白鴻

來野菊侵衣袂寒星落酒杯同人俱不倦促鄰坐青苔

同會仍黃登　御書樓作　張文炳

湖嶽光華地千間講席開名儒經宋盛夫子自東

來日月明無息江河下叟迴　賜書　宸翰迹然

古映崔嵬

戊辰春日遊嶽麓書院　張乃英

岏煌萬道日星光　天漢昭垂自尚方久識横經

開　聖蘊適因納既動奎章龍蛇自著　仙毫勁

山嶽猶聞　御墨香文學承恩逢盛典歡呼拜舞

輯圭璋

登　御書樓　劉光業

高樓聳漢接蓬萊鳥革翬飛拱上台入座江聲春

浩瀚宿窻星斗夜昭回自來不少談經客此際還

多作賦才　端賴　賜書推積滿萬年文運一時開

寺觀詩

唐

嶽麓道林二寺行　杜甫

玉泉之南麓山殊道林林壑爭盤紆寺門高開洞庭野殿腳插入赤沙湖五月寒風涼佛骨六時天樂朝香爐地靈步步雪山草僧寶人人滄海珠塔劫宮牆壯麗敵香廚松道清涼俱蓮花交響共命鳥金榜雙迴三足烏方丈涉海費時節玄圃尋河知有無暮年且喜經行過春日兼蒙暄暖扶飄然

斑白身奚適傍此煙霞茅可誅桃源人家易制度橘洲田土仍膏腴潭府邑中甚淳古太守庭內不喧呼昔遭衰世皆晦跡今幸樂國養微軀依止老宿亦未晚富貴功名焉足圖久為野客尋幽慣細學周顒免興孤一重一掩吾肺腑山鳥山花吾友于宋公放逐曾題壁物色分留與老夫

奉酬唐侍御杜員外二寺詩　沈傳師

承明老年輒自論乞得湘守東南奔為聞南岡富山水青嶂逶邐僧家園含香珥筆皆眷舊謙挹自

念臺省尊不令執簡侯亭舘宣許攜手遊山樊忽
鸞列岫晚來碧積雪洗盡烟嵐昏碧波迴嶼三山
轉丹檻逵郭千艛屯華標蹀躞絢沙步大旆粲錯
輝松門繆枝競鶩龍蛇勢折斡不沒風霆痕相重
古殿倚巖腹刖作新徑縈雲根日傷平楚虞帝魂
情多思遠耶開尊脆絲細管逐歌颸壽鼓纚靴隨
節纖鏘金七言凌老杜入木三法蟠高軒嗟予絕
倒久不和忍復感慨論元元

使南海道長沙題道林嶽麓二寺

唐扶

道林嶽麓仲與昆卓犖請從先後論松根踏雪三
十步始見大屋開山門泉清或戲蛟龍窟殿豁數
盡高帆撇即今異鳥聲不斷聞道看花春更繁從
容一衲分若有蕭瑟兩髩吾能髡逢迎侯伯轉覺
貴膜拜佛像心加尊稍揖英皇頻濃淚試與屏買
招清魂荒塘大樹悉構桂細碎小草多蘭蓀沙彌
去學五印字靜女來懸千尺幡主人念我塵眼昏
半夜號令期至暾遲回雖得上畫舫羇紲不敢言

綠尊兩祠物色採拾盡壁間杜甫原少思晚來光
彩更騰射筆鋒工健如何否

道林寺　　崔珏

臨湘之濱嶽之麓西有松寺東岸無松風千里擺
不斷竹源瀉入千僧厨宏梁大棟何足貴山寺雖
有山泉俱四時惟憂不敢入燭龍安敢停斯須遠
公池上種何物碧羅扇底紅鯉奧香閣朝鳴大法
鼓天宮夜轉三乘書野花市井栽不著山鷄飲喙
聲相呼金檻僧廻步步影石盆水濺聯聯珠北臨

高處日當午舉手欲模黃金烏還江大舡小於葉
遠林雜樹齊如蘼漳州城郭在何處東邊一片青
模糊長鄉之間久寂寞五言七言夸規模我吟杜
詩清入骨灌頂何必須醍醐

嶽麓道林二寺　　常蟾

石門道接蒼梧野愁色陰淡二妃寡廣殿崔嵬萬
壑間長廊詰曲千巖下靜聽林飛念佛鳥細看壁
畫馱經馬暖日斜明螮蝀梁濕烟散幕鸞鶯飛北
方部落檀香塑西國文書貝葉寫壞欄迸竹醉好

題穿路垂藤罔棋把沈悲華力鬪雄壯宋社詞源
兩風雅他力居士來施齋彼岸上人來結夏悲我
末離擾擾徒勤我休學悠悠者何時得與劉遺民
同人東林白蓮社
自道林寺西入石路至麓山寺過法崇師故
居　劉長卿
山僧候谷口石路拂莓苔深入泉源去遙從樹杪
回香隨青靄散鐘過白雲來野雪空齋掩山風古
殿開桂寒知自發松老問誰栽惆悵湘江水何人

更渡杯
道林寺送莫侍御　張謂
何處堪留客香林隔翠微薜蘿通驛騎山竹掛朝
衣霜引臺烏集風驚塔鴈飛飲茶勝飲酒聊以送
將歸
遊道林寺　戴叔倫
佳山路不遠俗侶到常稀及此烟霞暮相看復欲
歸
陪杜侍御遊湘西兩寺獨宿有題因獻楊常

侍　　　　　　　　　　韓愈

長沙千里平勝地犹在險況當江瀾處斗起勢匪

漸㴱林高玲瓏青山上琬琰路窮臺殿闢佛事煥

且儼剖竹走泉源開廊架崖广是時秋之殘暑氣

尚未歛羣雄忌後先朋息棄拘檢客堂喜空凉華

裀有清簟潤熟煮萵芹水果剝菱芡伊余夙所慕

陪賞亦云忝幸逢車馬歸獨宿門不掩山樓墨無

月漁火燦星點夜風一何喧杉檜屢磨颭犹疑在

波濤怵惕夢成魘静思屈原沉遠憶賈誼貶椒蘭

爭妬忌絳灌共讒諂誰令悲生腸坐使淚盈臉翻

飛乏羽翼指摘因瑕玷珥貂藩維重政化類分陝

禮賢道何優奉己事若儉大廈棟方隆巨川揖行

剡經營誠少暇遊宴固已歉旅程愧淹留徂歲嗟

荏苒平生每多感柔翰遇頻染展轉嶺猿鳴曙燈

青睒睒

湘中寄鑿山人　宋之問

顏與道林近意在遺遥寫自有靈麓寺何用沃洲

禪

題鑿山人房二首　宋之問

落花雙樹積芳草一庭春玩之堪興異何必見幽人

晚入應真理經行尚未回房中無俗物林下有青苔

見南山夕陽召鑿師不至　宋之問

夕陽黯晴碧山翠互明滅此中意無限要與開士說徒薛仲舉思誰迴道林轍孤興欲待誰待此湖上月

嶽麓寺　曹松

海雲山上寺每到每開襟萬木長不住細泉聽更深蜩占高雨斷鳥過夕嵐沉此地良宵月長懷隔楚砧

嶽麓寺　羅隱

蟾宮虎穴兩皆休來凭危欄送遠愁多事林鶯還漫語薄情邊鴈不回頭春融凝是乾坤醉水潤應知世界浮欲共高僧話心迹野花荒草奈相尤

寺居秋夜對雨有懷　喻鳧

修修復霎霎黃葉此時飛憑几客吟斷隣房僧話
稀碉寒棲樹定螢濕在窓微即事瀟湘渚漁翁披
草衣

春日遊僧院　戎昱

曾共劉諮議同時事道林與君相掩淚來客豈知
心皆雪髮春積爐烟向暝溪依然舊童子相送出
花陰

宋

嶽麓寺　趙忭

古木與天齊門前百尺梯我來還滌想疑是過雲
溪

雨後同周允昇登雪觀　張栻

一雨蕩能辭百憂肩輿徑上最高樓山容淨洗無
窮碧江水新添自在流已覺春溪花片老不應身
似賈胡留烟簑風笠南山下正好歸歟看麥秋

抱黃洞　趙忭

靈洞古壇基煙蘿接翠微日西春又晚不見羽人
歸

題嶽麓溪園軒　釋洪覺範

湘西峯頂寺樓閣藏煙翠危臺占家巔小軒寄幽致游人常不到石壁照溪邃於是復何求此生眠食耳脩然亦何有蒲團空曲几凭高俯城郭車馬環磨蟻城郭望諸峯時見孤雲起

題麓苑虎岑堂　前人

平生文彩照諸方暗谷行藏草木光要使叢林想高韻故將名字挂盧堂笑拈倚壁過頭杖閒坐當年折脚床進步竿頭如不薦草溪門徑未相妨

題清富堂　前人

此堂冠絕湘西勝枯木名多道不窮用谷量雲當衣鉢以江盛月展家風買山歸隱眞寒乞借竹爲軒落笑中綠錦漲連青玉浦剪裁磨作費詩工

偕禪者宿湘西寺　前人

湘西春色無人要萬頃鏡空飛白鳥小閣披衣聽力衰一聲款乃酬清曉苔鞋閒穿聚落來此岸綠陰行不了南臺老木忌鄉并抵掌清談輒高笑烹茶煮筍未嘗勤放意寄詩語奇峭此生何處不戲

劇萬事隨緣眞道妙何嘗借子西齋宿共看湘月

千峯表

明元闕

與錢太守諸公遊嶽麓寺席上作　李東陽

衡嶽地蟠三百里羣峯將斷復崖嵬宕問古刹依山轉谷口晴雲靄樹來北海書存誰問價少陵詩罷獨憐才扁舟已謝長江險又是匆匆一度回

又

見峯高瞰麓江干路在羊腸第幾盤萬樹松杉雙雙合四山風雨一僧寒平沙淺草連天在落日孤城隔水看薊北湘南俱在眼鷓鴣聲裡獨凭欄

登江寺拱極樓　曾朝節

擊汰空明鏡裏遊更憐烟際掛飛樓倒看夾嶼垂雙練轉訝禪林在十洲總以回頭登岸近初從舍筏得山幽王恩浩蕩同江海無限神情貫帝州

水陸寺　廖道南

尋幽爲訪雲邊寺乘興還臨河上洲萬里乾坤此

江水三湘煙雨共誰舟懷沙不盡靈均恨許國誰
堪賈傅謀馳檄近聞多戰騎啣杯那復對沙鷗

水陸寺　　穀城王

一洲浮泛砥湘川水國居人舊日傳自昔建宫三
百載春潮只在寺門前

水陸寺　　唐源

瀟湘羅衆水蜿蜒現芳洲樓閣雲間聳煙霞望外
幽萬家聞磬韵四面徹漁謳要識禪機處江空月
一鈎

和唐明府咏　　陸寬

湘水渺無極叢林傍一洲低雲花嶼午遠市古墳
幽浪静鷗翻浴鮮登客醉謳迷僧聊共話峯頂月
移鈎

陳大綸

楊柳江邊夜歸舟載月忙煙波籠梵宇款乃遶僧
房聞笛思千古凭欄酒一觴濟川誰是者長嘯問
瀟湘

遇憨山上人時乞予爲結庵嶽麓

張洵

京國遨遊八十年，卜居休老南山巔。譚宗故演金仙秘，禮嶽今依赤帝前。人自曹溪歸正鉢，香從蘭若散諸天。慚予未解無生訣，結社能容到白蓮。

嶽麓寺　張邦政

雲霄青嶂出，風物總堪憐。庭午疑無日，山幽別有天。人逢雙劍合，佛許一燈傳。可是蓬萊地，能令思灑然。

講經堂　蔣希禹

無言語文字，乃爲真法門。誰其講經者，荒臺今尚存。

深夜月明甚皎，衆人皆醉，予與棖公宿講經臺閣上，坐至月落，明之以詩

霜輕山未寒，氣返如初夏。清磬一聲餘，松濤向人瀉。隔江明月飛，峯高月難下。兩各獨不眠，岣嶁亦不夜。落葉蒲樓風，叔令禹碑化。

講經臺閣上坐月和仲調韻　馮一弟

秋山入夕佳，雲峯不改戛。明河學飛泉，直向懷開

瀉西巖月未還鐘聲落其下獨與素心人領奇受

清夜應知白日塵襟　沙彌化

夜遊嶽麓寺　胡爾愷

日夕羣峯暝負策臨溪岷青谿意已遠况復月空
微山鐘聞谷口煙鳥無驚飛絮絮寒苔壁松蘿引
薄衣篁逕入幽邃危泉掛石冊霜色滿前路行行
漸忘歸

萬法樓晚眺　胡爾愷

落日山樓迥眺聽舍衆幽遠樹歸新霧暝色高天

秋孤峯停虛月空簷起凉颸歸路迷何處澹然身
共浮

嶽麓寺　夏楊名

峯巒争畫枕湘川乘興閒來一叩禪眼色蓮開千
里意琳宫高結萬山緑縈紆路轉清風峽恬淡天
飛日鶴泉過客欲詢興廢事李邕碑石有靈煙

嶽麓寺　郭金臺

入山不獨静萬慮兹瑩然月照花明夜林深樹結
天所期無外内始覺有几仙莫待尋常識高人事

已亥

講經堂　石公示

三車演罷一臺晉祇樹叢林境轉幽絕磴垂空棘鷲嶺飛泉灑瀑勝龍湫琳宮晝掩曇花靜寶地雲將貝葉流暫此脩然忘俗想始知人世有丹丘

洞真觀　任華

得道真仙去不回空遺宮殿起崔巍千年勝地多殊感羣鶴翔飛歲歲來

嶽寺有懷　吳愉

游止頻來慣於今二十年僧雛儕老衲松子挺蒼煙臺自飛花雨泉仍咽石絃偶然成強醉豈是學逃禪

嶽麓寺　吳敞

光風澹宕嶽嵐新結勝來探古寺春林靜好音傳竹玉樹溪老衲坐雲茵眼前古木參禪侶象外功名入世因更欲尋芳高最處證盟峰際未來身

講經堂　陳三台

講臺人去幾千秋寂寞高臺望裡收五葉只隨孤

月轉三乘常傍一溪流天花有意應緣古項石無
情亦點頭却笑維摩方丈室幾人能似遠公儔

嶽寺有懷　　吳寧謝

路絕山空別有天雲開寺古思悠然不貳門從何
處問却煩文字作蹄筌

嶽麓寺　　何應瑞

野綠宕春煙山青慧景妍定然餘片法響石露孤
禪花吽臺飛雨篁陰逕漏天步遲歸欲晚鐘磬落
崖巔

洞真觀　　無名氏

玉洞琛瑄長伶洛真墟宮寶色常新可憐城裡悠
悠者不識瀟湘四季春

國朝

和薛方伯贈彌嵩禪德　　趙廷標

嶽峰高峙出雲端蘭若傳心法雨寒送客幾忘谿
過笑談經恒見石生歡詩宗白社超三乘錫卓飛
泉擅百壇漫說山僧無色相果然半衲勝儒冠

遊嶽麓寺　　李蔚

籃輿清曉度高秋封内名山此勝遊翡翠平鋪金
作闕芙蓉四起玉爲樓包涵大嶽眞拳石襟帶長
江只細流月上層臺鐘遞響居然人世一丹丘

同胡沂菴諸寅丈遊嶽麓寺　　王仕雲

丹梯曲引翠微間浪說浮生半日閒上界烟霞攢
旖旎諸峰金碧枕潺湲僧從水月時窺象客爲雲
林暫解顔欲述壯遊憑勝侶敢論詞賦動江關

仲秋十四雨霽訪肺山和尚留宿嶽麓坐月
深談法喜無量師唱曰此夕秋光不偶然得

二首徵和

此夕秋光不偶然空山良夜及時圓玉蟾迸出新
秋雨靈鷲重開古梵天對月兩人寒有露倚雲雙

樹皎無烟一騎飛送來香積君與裴公是刼前
此夕秋光不偶肰妙高峰上話初圓摩尼五色當
頭月蜃閣千尋絕頂烟退老漫搜蝌蚪篆岑公還
說大蟲禪前宵後日皆風雨一笑人天別有緣

中秋前夜雨霽同仲調陶先生坐月口占此
夕秋光不偶肰各二首　釋智檀

此夕秋光不偶肰留來十載待君圓漁燈就寺迎
門燭月魄移人上畫天兩岸湘流漸瀑布半峯嶽
色備隱烟幽懷未盡鐘聲落松影聯輝滿榻前

此夕秋光不偶肰虎溪別後麓峯圓文星互炤三
更月僧衲單披半壑烟籬綻黃金元亮菊池搖白
羽遠公蓮知君不爽東林約來結三生未了緣

丁未冬杪同吳正持踏雪過嶽麓尋禹碑以
肺山和尚他出爲帳下道鄉臺相值馬首留
宿賦贈　鄧旭

貪山老更奇縱棹凌窮九雪滿嶽麓巔破凍看蝌
蚪高嘯落川谷紛拏玉龍走所憾支道林尋侶出
洞口我貯衡山雲囊緘未一剖禹碑蜿蜒下籃輿

擎雙朋路轉道鄉臺恰逢神駿首把臂雨軒渠邀我宿巖藪爐煨榾柮火暖氣浮座右黃虀粥兩盞醉逾三昧酒公昔在白門謂我非其耦雄犨隅萬竹竟不我顧取須知住世人有眼大如斗踏遍選佛場尊宿難數有憶昨老古錐號爲　天子友宸翰與紫衣壓殺侍者手試問西來意緇素誰勝負我今宿公床盱鞠艮非偶爱公結茆孱湘江當戶牖星沙城咫尺監拂未曾苟一衲二十年卧聽羣虎吼能以海底光湧出功德毋

春日飲洞眞觀　劉友光

白雲片片出蘿根卧對清風掃殿門移柳絲牽鶯喚友隔松人報鶴生孫杏花紅暖沾藜杖竹葉清香散瓦盆醉後快談龍可牧一天明月照崑崙

同濟美友溈訪果如上人重新嶽麓古道林寺　江有溶

樵夫相逐入叢林城市剛離洞壑深漠漠塵灰搜殿閣稜稜瓦石定臺岑百年蒼鼠閒生面一鉢黃虀見道心世事茫然如廢寺耐人風雨細披尋

遊嶽麓寺同季無懷汪季安時茶花盛開　周應遇

綺閣磐雲嶺千松抱佛青妍花先客醉塵影對泉醒官戀閑中奕僧孅忙裏經曉來成底事歸路娓山靈

嶽麓寺　沈一揆

長沙西岸道鄉臺上結琳宮曲徑廻七十二峯山欲盡四千里路我初來雲封古木千章秀帆落清江一線開莫笑平生耽酒癖匡廬舊事許邨杯

同大白僧雨宿嶽麓寺　吳嘉驥

忽設雷驅雨翻盆夜半時當風聞鳥亂望曉得鐘遲任愛青春好行憂白髮欺一燈殘照榻不寐想題詩

鷲嶺何年闢祇園此地傳松聲長帶雨谿氣欲成煙夢散悚鐘外心清古佛前同遊僧淨侶結隱共棲禪

重遊嶽麓寺　周璜

翠岫凌空歷幾盤筍輿取次白雲端千層嵐氣羣

峯沒百里江光一勺看身傍老僧忽去住夢蘿煙
磬入高寒當時景物巍然負乘興誰云攬勝難

遊嶽麓寺　黃佐震

芃閣參差聳翠微我來攬勝扣禪扉日明樹色濃
還潑鳥弄晴聲落又稀鐘靜靜臺僧人定寺靈古
偶客頻依探奇不厭迴廊繞無那殘霞挂夕暉

道林寺　王駿

三年作吏簿書侵偶得餘閒過道林古殿有僧翻
貝葉空堦無鶴唳清音緣擢晴色新篁滿紅霽曉

巖小閣溪更聽山人談往事不禁感慨夕陽沉

望水陸寺　廖元度

天地軍塵後何年一寺存浮洲煙似島泊岸水連
村橘抽空相憶江楓已沒痕那堪風浪裏鐘磬出
黃昏

乙丑春仲送彌嵩大師還嶽麓　高騫

嶽山真面目與世作何看自遇知音侶至今流水
彈松堪依寺古月背刊山寒坐斷千峯頂唯應挲

似難

乙丑秋孟登嶽麓山喜晤彌嵩和尚即事　吳斯洛

灌木千圍幹作城此中几簟倍怡情空江落照談
無色急水輕帆去有聲山月繫沉漁火出村煙曲
度寺鐘清虎岑啜茗深更話話到忘言悟死生

嶽麓寺即事　廖元度

山光如黛水如烟丈室新開夜斗懸北海有碑誰
問字法華選石自通泉蕙蕙禾黍春何急落落松

陽嶺未偏頗是樵歌堪駐聽就中唱出鷓鴣天

嶽麓寺夜坐同李羨山綫山　釋續燈

麓雲冠冕聚松月復何明酒漉陶彭澤詩酣阮步
兵沙明漁火亂霜落寺鐘清坐話無生理雲流山
翠平

嶽麓寺夜坐次韻　李何煒

興未尋幽倦空庭又月明共知禪有棒不道酒非
兵鐘磬聲皆寂茶瓜味逾清無心思簟枕半偈足
生平

嶽麓寺夜坐次韻　李蕘山

初地深更候青空佛火明諸公方脫俗元部不談兵隔岸紅塵遠鄰杯玉露清友山雖可愛吾意望承平

麓山下與化古刹重開志喜　釋圓應

雲鳥何曾闢去留樵歌出峽喚漁舟東華捧日添西竺南嶽看湘拱北流鐘課漏聲醒客夢蕭團坐定靜更籌匡廬此約開蓮社罔象玄珠知擬不

湘江舟中望嶽麓道林二寺　趙寍

桂櫂鶯開屬玉飛松關回首望斜暉鐘聲杳靄秋雲裏萬戶江烟鎖翠微

其二

雲中郡望道林幽一片斜陽下橘洲記得少陵詩句在霄騰樂國古潭州

遊嶽麓寺　長汀　羅才徵

嶽麓書堂自古今我來策杖訪祇林青松爽籟飄仙梵白石清泉潑客心隱隱湖光侵寺迥迢迢山色傍雲岑徘徊不盡登臨意悵望春江同淺深